A MA FILLE

PARIS

IMPRIMÉ PAR PLON FRÈRES

RUE DE VAUGIRARD, 36

—

1846

A MA FILLE.

A MA FILLE

TENDRESSE, REGRET ET DOULEUR

G. FÉRET.

PARIS

IMPRIMÉ PAR PLON FRÈRES
RUE DE VAUGIRARD

1846

ÉPITRE.

ILE MARTINIQUE, 1827 [*].

I

Emporté loin de toi par un cruel devoir,

Ignorant si jamais je pourrai te revoir,

Je veux, ô mon Emma! si chère à ma tendresse,

Autant que je le puis, éclairer ta jeunesse,

[*] Ma fille n'avait que sept ans quand j'écrivis ces conseils; mais elle était déjà orpheline de sa mère, et j'étais exposé aux dangers de la fièvre jaune et de la mer : je voulais lui laisser pour un autre âge un témoignage utile de ma tendresse et de ma sollicitude. Oh! qu'elle a bien su m'en exprimer sa reconnaissance!

1.

Et, puisant mes conseils dans le fond de mon cœur,

T'enseigner le chemin qui conduit au bonheur.

Si trop tôt le trépas ne t'eût ravi ta mère,

Elle aurait, mieux que moi, pris ce soin tutélaire :

Le ciel, en la formant par un rare abandon,

En elle avait uni bonté, grâce, raison;

Son exemple eût suffi pour pénétrer ton âme

De toutes les vertus qui font chérir la femme :

A défaut des leçons qu'elle eût pu te donner,

Aux miennes, chère enfant, il faut t'abandonner.

Oui, je saurai, je crois, guidé par la tendresse,

Te montrer le chemin qui mène à la sagesse,

Au bonheur; je le sens, c'est un don que le ciel

Dut en moi réunir à l'amour paternel.

Je ne te cache pas que, fertile en naufrages,

Ce monde est une mer où grondent les orages,

Mais où l'on voit aussi le nautonnier prudent

Au but qu'il veut atteindre aborder sûrement,

Quand il sait au départ le choisir abordable.

Le tien est d'être heureuse en te rendant aimable ;

Mais ce n'est qu'en formant sa raison et son cœur

Que l'on peut, mon enfant, goûter le vrai bonheur :

Sur ce qu'il est d'abord la raison nous éclaire,

Éloignant de nos yeux toute vaine chimère :

La raison et le cœur, quand ils s'accordent bien,

Sont toujours d'être heureux le plus puissant moyen

Le cœur, de la raison reconnaissant l'empire,

Sait être modéré dans tout ce qu'il désire ;

Et, dans un cercle étroit, qui sait borner ses vœux

Possède le secret d'être partout heureux,

Le secret par lequel ici-bas la sagesse

S'affranchit du besoin de la vaine richesse :

Dans de modestes vœux on trouve un bonheur pur,

De faciles plaisirs, un contentement sûr.

Puis des heureux qu'on fait, ce bonheur-là s'augmente :

Aider l'infortuné rend l'âme si contente !

Lorsque de la fortune on n'a pas tous les biens,

Il faut le savoir faire avec peu de moyens.

Si tu ne peux donner, console, aide, encourage :

Compatir au malheur bien souvent le soulage.

Ne crains jamais ici de commettre une erreur :

Il vaut mieux se tromper que de fermer son cœur

A la compassion qu'inspire l'infortune,

Se montrât-elle même exigeante, importune.

De la religion pour contenter les vœux,

Il faut être toujours propice aux malheureux :

On satisfait ainsi la divine puissance,

Qui, plus que la prière, aime la bienfaisance.

Garde-toi bien d'abord des frivoles besoins

Qui des femmes souvent captivent tous les soins ;

Pare-toi simplement, et crois bien que pour plaire

Le moyen le plus sûr est un bon caractère.

Le goût, la propreté vous suffisent toujours

Et nous charment bien mieux que l'éclat des atours,

Nous aimons que chez vous une simple parure

Relève sans apprêts les dons de la nature,

Et, si nous recherchons en vous des ornements,

Ce sont ceux de l'esprit plus que des vêtements.

Emma, que la douceur embellisse ton âme!

Elle est le plus beau don que Dieu fit à la femme;

L'esprit plaît et séduit; mais c'est par la douceur

Que l'on se fait chérir et qu'on charme le cœur!

Crois-moi, sois naturelle et simple en tes manières;

On voit avec pitié ces femmes minaudières,

Qui, grimaçant pour prendre un air plus gracieux,

S'efforcent à gâter ce qu'elles ont de mieux.

Dans ses discours il faut qu'une femme s'observe ;

Mais, sans de vains détours, sois franche avec réserve :

Un voile quelquefois, couvrant la vérité,

Blesse plus la pudeur qu'une naïveté.

Au savoir essentiel, aux qualités aimables,

Tâche de réunir des talents agréables ;

Pour écarter l'ennui, leurs utiles secours,

Recherchés bien souvent, y parviennent toujours,

Et leur heureux pouvoir offre encor l'avantage

De cacher sous des fleurs les nœuds du mariage.

Si du toit conjugal l'époux veut s'affranchir,

Le charme des talents le pourra retenir.

Enfant de la raison unie à la tendresse,

Ce charme fut créé pour plaire à la sagesse.

Mais surtout connais l'art de soigner ta maison ;

Il faut plus que l'esprit contenter la raison ;

Et, s'ils ne sont unis à des talents utiles,
Les talents d'agrément sont des talents futiles.
Évite le danger des longs désœuvrements,
Qui portent la pensée à des égarements ;
Contracte du travail une heureuse habitude,
Il dissipe l'ennui, charme la solitude,
Et, salutaire au corps, il procure à l'esprit
Un utile aliment qui toujours le nourrit.

De vertus, de talents, c'est peu d'être embellie,
Lorsque l'on n'y joint pas l'aimable modestie ;
Elle ajoute au mérite un mérite plus beau,
C'est l'ombre d'où ressort tout l'effet du tableau.

II

Te voilà parvenue à l'âge difficile

Où la vertu, chez vous, est un trésor fragile :

Bientôt, pour obéir aux lois du Créateur,

Tu devras, mon Emma, choisir un protecteur :

Un époux est toujours un appui tutélaire ;

Garde-toi d'écouter un sentiment contraire.

Quelquefois. il est vrai, l'hymen est malheureux ;

Mais, si quelques époux sont désunis entre eux,

Malgré ses détracteurs, toujours le mariage,

Du sort le plus parfait, seul offrira le gage :

Ce n'est que dans les nœuds d'un hymen fortuné

Qu'on voit le vrai bonheur et qu'il nous est donné :

Le célibat cloîtré, prôné par l'imposture,

A des ennuis secrets qui vengent la nature.

Pour remplir ton destin, puisses-tu donc un jour
Rencontrer un époux digne de ton amour !
Mais surtout, dans ton choix, que la raison te guide :
L'homme est parfois, ma fille, et trompeur et perfide,
Pour le connaître, il faut plus de discernement
Que n'en a la jeunesse en ce chanceux moment.
Tu sauras prendre alors, prudente, je l'espère,
Sur l'objet de ton choix les conseils de ton père.
Ne me cache jamais les secrets de ton cœur :
Personne autant que moi ne cherche ton bonheur ;
Et, si je te manquais, place ta confiance
Où tu pourras trouver la sage prévoyance.
Des parents, des amis resteront après moi ;
Ne t'en rapporte pas entièrement à toi ;
Dans ce choix important, l'erreur serait cruelle,
Et pourrait te causer une peine éternelle.
Selon tes qualités chacun t'estimera ;
Si tu te rends aimable, on te recherchera.

Mais sache discerner du faux le pur hommage.

Garde-toi des flatteurs : leur doucereux langage

Chatouille l'amour-propre et captive le cœur;

Mais le flatteur souvent cache un vil séducteur.

Fuis, Emma, fuis celui qui, désirant te plaire,

Pour t'adresser ses vœux cherchera le mystère;

Aurait-il le pouvoir de paraître à tes yeux,

Orné de tous les dons que l'on reçoit des cieux,

Crains sa douce éloquence et redoute ses charmes,

Si tu veux éviter des regrets et des larmes.

Un séducteur, ma fille, est un être méchant

Qui par d'heureux dehors peut se rendre touchant,

Et se fait un moyen de ce qu'il a d'aimable

Pour tromper l'innocence et la rendre coupable;

Qui n'aime que lui seul, et met tout son bonheur

A flétrir la beauté qui lui livre son cœur :

A-t-il conduit à fin sa perfide entreprise,

L'ingrat est le premier souvent qui vous méprise;

Il se rit de vos pleurs, et vers d'autres plaisirs,

Indiscret, va porter ses inconstants désirs;

Tandis que vous, honteuse et le remords dans l'âme,

Vous gémissez en butte au monde qui vous blâme.

Voulant te préserver de ce fâcheux destin,

Quand tu pourras penser qu'on aspire à ta main,

Examine d'abord quel est le caractère

De celui que tu vois désireux de te plaire.

A connaître son cœur donne surtout tes soins;

L'esprit et les dehors importent beaucoup moins :

S'il n'est rempli d'honneur et de délicatesse,

Il ne devra jamais obtenir ta tendresse.

Dans ce monde, où le vice a des amis nombreux,

Il se rencontre aussi des hommes vertueux;

Et, si par la vertu ton âme est embellie,

Tu seras de ceux-là recherchée et chérie :

Comme on voit s'attirer et le fer et l'aimant,
Les vertus ont aussi leur doux rapprochement.

Enfin, ma chère enfant, si, bonne, douce, aimable,
Tu fais l'heureux destin d'un époux estimable,
Te payant son bonheur de ta félicité,
Le ciel à mes souhaits aura tout accordé.

UNE VISITE

A LA MAISON

DE LA LÉGION D'HONNEUR

de Saint-Denis.

1829.

—⁂—

FRAGMENT.

Rien ne put échapper à mon désir de voir :

Je visitais l'asile où d'une enfant chérie

Je voulais déposer l'avenir et la vie ;

Mais tout ce que je vis dut flatter mon espoir.

2.

Là, de bons aliments la saine nourriture,

   Quatre fois offerte en repas,

Entretient la santé, seconde la nature,

    Et ne la force pas.

    Ici, dans une double enceinte,

    Sous des ombrages pleins d'attraits,

    Loin de toute profane atteinte

    Et de tous regards indiscrets,

    Dans cet asile tutélaire,

    L'élève reçoit les bienfaits

    D'un exercice salutaire.

  Les lieux d'étude et de délassement

    Présentent tous un vaste espace,

    Où l'air circule abondamment,

Où l'ordre avec le soin, tenant tout à sa place,

Font du plus simple objet un utile ornement.

Ici, dans un dortoir immense,

Asile sacré du repos,

Le sommeil verse ses pavots,

Sous une sage surveillance,

Et sitôt que le jour paraît,

Par le vitrage qu'il colore

Vient se répandre un doux reflet

Qui, dans chaque élève, à l'aurore,

Montre par un charmant effet

Une rose qui veut éclore.

J'ai vu l'infirmerie, où les plus tendres soins,

Dès qu'une élève est languissante,

Raniment sa santé, satisfont ses besoins,

Et la rendent bientôt plus belle et plus touchante.

La pharmacie est là, près d'elle sont les bains,

Et pour tout diriger de savants médecins.

Puis, quand tout est prévu, pour aider la nature,

Protéger le physique, assurer la santé,

On accorde à l'esprit une heureuse culture,

Qui lui donne le charme et la solidité.

Alors, de savantes maîtresses,

Qui souvent dans ces lieux ont puisé leurs talents,

Dans de douces leçons savent sur nos enfants

Les répandre avec des caresses,

Et, par un aimable pouvoir,

Prodiguent à cinq cents pupilles

Le trésor des talents utiles

Et d'un agréable savoir.

Dès l'âge de six ans admise

Dans cette royale maison,

L'élève est doucement soumise

Aux bienfaits de l'instruction;

Et sous votre loi bienveillante,

Suivant le cours de vos leçons,

Elle parcourt les échelons

D'une éducation brillante.

Préparant son futur bonheur,

Tour à tour vous savez, mesdames,

Orner son esprit et son cœur

De tout le mérite des femmes ;

Ainsi, de chacune de vous,

Par un soin qui vous est facile,

Elle reçoit un don utile,

Pour un jour les posséder tous.

Et, pour mieux l'enrichir encore,

En cultivant la jeune fleur,

De quelque agrément enchanteur

Chacune de vous la décore.

Puis de la grâce et du bon ton,

L'élève en vous voyant, charmée,

A chaque instant de la journée

Reçoit l'exemple et la leçon.

Parvenue enfin au bel âge,

Elle retourne à ses parents,

Rendre partout un digne hommage

A vos vertus, à vos talents.

Douceur est une force à qui tout cède un jour ;

Tu ne l'ignores pas, sexe né pour l'amour ;

Et c'est par ce pouvoir, cette aimable puissance,

Que tu dictes les lois et fais l'obéissance.

Elle est bonne, elle est douce, a le don de charmer :

Ma joie et mon bonheur, je les trouve près d'elle ;

Ma vie ainsi se passe à la voir, à l'aimer,

A lui prouver en père mon amour et mon zèle.

LE MALHEUR.

1831.

----····----

C'en est donc fait, ô ma fille chérie !

En ce moment le sort le plus fatal

Jette à jamais un malheur sur ta vie,

Et de tes pas, par un horrible mal,

Détruit l'accord, la grâce et l'harmonie !

Ah! ne l'accable pas, inflexible destin!

    Épargne-la, je t'en conjure!

Je ne serai plus fier des dons que la nature

Se plut à lui verser d'une prodigue main.

Porte sur moi tes coups, destin inexorable;

    Et, s'il le faut, au prix de mon trépas,

Délivre mon enfant de ce mal déplorable;

    Frappe, je ne me plaindrai pas!

    Mais c'est en vain : l'oracle d'Épidaure

      A prononcé l'arrêt d'Emma!

      Et jamais on ne la verra

      Briller aux jeux de Terpsichore!

      Jamais, au gré de ses désirs,

Dans les amusements d'une vive jeunesse,

Je ne la verrai plus partager l'allégresse

      Que donnent les joyeux plaisirs!

Autour d'elle, en troupe charmante,

Elle verra ses compagnes courir,

Se disputant les palmes d'Atalante ;

Elle jamais ne les pourra ravir !

Mais ces succès, ô fille encor plus chère !

Sont, crois-le bien, les moins dignes de toi,

Et sans chagrin il faut subir la loi

Qui t'y fait rester étrangère.

Véritables présents des cieux,

Il est pour charmer et pour plaire

Des dons cent fois plus précieux :

Une âme à la fois douce et fière,

Un cœur sensible et généreux,

Le charme de l'esprit que la raison éclaire,

Et celui des talents heureux.

Oui, ces dons peuvent d'une femme

Faire la gloire et le bonheur.

Puissent donc s'élever ton âme,

S'éclairer ton esprit et se former ton cœur !

Et, non moins modeste que sage,

Riche un jour d'aimables talents,

Mérite le plus digne hommage,

Recueille le plus pur encens !

Que te dirai-je enfin ? Légers enfants du temps,

Comme lui fugitifs, les dons de la jeunesse

Ne nous charment que quelques jours,

Ne causent qu'un moment d'ivresse ;

On ne les vit jamais l'emporter au concours

Des trésors dont tu peux posséder la richesse,

Car les talents charment toujours.

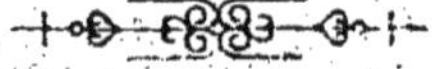

LA GOUTTE D'EAU.

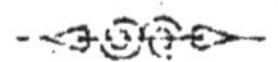

Dans une grotte, en tombant de la voûte,

    Sur un marbre qui là gisait,

    Une eau limpide goutte à goutte

    Se brisait et disparaissait.

    Jamais le marbre ne fut tendre,

    Non plus qu'accessible aux douceurs;

Or celui-ci ne voulait pas se rendre

Au vœu constant de ces nombreuses sœurs,

Qui, pour couler ensemble, auraient voulu s'attendre.

Il résista mille ans; mais la goutte à la fin,

Tombant toujours, vainquit la résistance,

Et le marbre devint bassin.

Tel est l'effet de la persévérance.

LE SERIN.

1833.

— ··✸✸✸··—

Mirrha possédait un serin,

Charmant, rempli de gentillesse,

Qui chantait sur le doigt, qui mangeait dans la main,

Et s'ébattait joyeux en voyant sa maîtresse.

Cent fois il aurait pu prendre sa liberté;

Mais, heureux de son doux servage,

Après avoir quelque peu voleté,

Il rentrait toujours dans sa cage.

Mirrha l'aimait, comme on aime à treize ans,

De tout son cœur, sans feinte ni caprices;

Son serin faisait ses délices

Et charmait ses plus doux instants.

Hélas! des choses de ce monde,

Qui ne sait la fragilité?

C'est un fait dont la preuve abonde

Et dont l'exemple est en tous lieux cité.

Mirrha, jusqu'alors peu changeante

(L'occasion peut-être lui manquait),

S'éprit soudain d'un beau chardonneret

Que lui donna sa tante.

Cet oiseau, je le sais très-bien,

Est porteur d'un joli plumage;

Je ne dis rien de son ramage,

Car son ramage ne dit rien.

Mais ce n'est pas aux oreilles des belles

Qu'en s'adressant on réussit le mieux,

Dit-on ; et bien souvent près d'elles

Si l'on parvient, c'est en charmant leurs yeux.

Il charma donc, sans rien de bien aimable,

Ce nouveau venu préféré ;

Il était farouche, intraitable ;

Mais il était tout chamarré.

Mirrha dès lors, en l'admirant sans cesse,

Négligea son pauvre serin,

Qui mourut bientôt de tristesse,

De jalousie et de chagrin ;

Peut-être, hélas ! aussi de faim.

VŒUX.

1834.

Puissé-je un jour, échappant aux orages
Qui trop souvent traversent nos destins,
D'un doux abri contempler les naufrages
Où vont périr les projets des humains.

Puissé-je un jour, petit propriétaire
Et du repos savourant les douceurs,
Près de Paris, d'un modeste parterre
Jouir en paix en cultivant les fleurs!

Puissé-je un jour, n'excitant plus l'envie,

De presque rien devenir encor moins,

Et conserver, le reste de ma vie,

De vrais amis sensibles à mes soins!

Puissé-je encore, ô trop chère espérance!

Pour être heureux, avant mon dernier jour,

De mon enfant voir couler l'existence

Entre l'hymen, le bonheur et l'amour!

Puissé-je aussi, de mon pays que j'aime,

Voir le repos et la gloire affermis,

Et, ralliés au nouveau diadème,

Tous les Français se presser en amis!

Puissé-je enfin, à mon heure dernière,

Cédant, nature, à tes puissants décrets,

Voir mon Emma me clore la paupière,

Et m'échapper en laissant des regrets!

Bonheur et Plaisir.

1835.

EMMA, POINT DE BONHEUR SANS UN PEU DE RAISON.
Mais quoi ! déjà tes yeux, dont j'admirais le charme,
Me semblent s'attrister ; j'aperçois une larme.
Ah ! ne t'afflige pas ; peu grave est ma leçon.
Plaisir est comme un dieu qu'en ce monde on adore ;
On le poursuit sans cesse, on l'encense, on l'implore ;
Il n'a pas cependant la vertu du bonheur,
Ni son charme parfait ; mais on se fait erreur :
Tant il séduit nos sens, flatte notre nature.
De tous deux je voudrais essayer la peinture
Et rendre dans ces vers les traits et le pouvoir.
Bonheur est ici-bas douce béatitude
Où l'homme se complaît, libre d'inquiétude,
Ne désirant plus rien, comblé dans son espoir,
Heureux de son état qu'à tout autre il préfère.
Emma, que ce destin soit le tien sur la terre !
En tel état se voit dans la médiocrité ;
Riche, on le goûte aussi dans la prospérité.
Sur ce point, de Solon observons le langage,
Adoptons sa raison, c'est la raison du sage ;
Nous en voyons la preuve au destin de Crésus.
Sachons donc imiter Cléobis et Tellus ;
Usons de la leçon selon notre partage,
Nous ne pouvons prétendre au sort de Métellus.
Plaisir a plus d'éclat : on l'aime avec délice !
Et son charme est surtout de flatter le caprice ;
Une aimable gaîté l'accompagne et le suit,
Donnant à sa puissance un attrait qui séduit.
Entraîné sur ses pas, on se plaît à le suivre,
Respirant un parfum qui bientôt vous enivre.
Aux fleurs, aux papillons j'aime à le comparer ;
Il se montre comme eux vif, aimable et léger,
Si léger qu'il échappe. Et, veut-on être sage ?
On doit, sans le chercher, le saisir au passage.
Nous fuit-il ? On le laisse ; et, crois bien ma leçon
EMMA, POINT DE BONHEUR SANS UN PEU DE RAISON.

A VOUS AUSSI

ET A MADAME

ÉMILE DE GIRARDIN.

1836.

Girardin, dans des vers par les Grâces dictés,

Comment avez-vous pu, de nos jeunes beautés,

Vouloir, en les aimant, désenchanter la vie?

Pardon, mais ce n'est pas d'une obligeante amie.

Au présent bien souvent se mêle l'avenir,

S'il se montre paré des couleurs du plaisir;

Et c'est toujours ainsi qu'il se montre au jeune âge.

Pourquoi donc assombrir cette riante image?

Laissons, laissons au temps, et surtout au destin,

A dissiper, le soir, les rêves du matin,

Et gardons-nous toujours de dire aux jeunes filles

Qu'il n'est plus que dégoût en quittant leurs familles.

Dans ce monde imparfait, il en est trop, hélas!

Dont l'avenir rêvé ne se confirme pas :

C'est qu'aussi la pensée, aux écarts accessible,

Transporte leurs désirs au delà du possible;

Mais, dans un cercle étroit, qui sait borner ses vœux

Possède le secret d'être partout heureux.

Voilà ce qu'il faut dire à la beauté folâtre,

Qui rêve des succès sur un trop grand théâtre,

Et qui, trop loin du vrai, formant son idéal,

Se berce de l'espoir d'un bonheur sans égal.

Pour ne pas l'abuser, il faut encor lui dire

Que, mariée un jour, l'époux qu'elle désire

Ne sera pas mari comme il était amant,

Qu'elle pourra trouver beaucoup de changement,

Et qu'il faut (cet avis ne peut paraître étrange)

Ne voir en lui d'abord que l'homme, et non un ange,

L'homme avec ses défauts, son orgueil masculin,

Et les travers d'esprit auxquels il est enclin.

Mais il en est aussi de bons, et plus d'un se rencontre,

Qu'on voit encore après ce qu'avant il se montre.

Il en est, on le sait, remplis de tendres soins,

De leur femme étudiant, prévenant les besoins.

Quel'que soit le mélange, enfants, le mariage

Du sort le plus parfait offre ici-bas le gage :

Les fleurs, les papillons, emblèmes du plaisir,

Peuvent longtemps charmer, mais non toujours suffir ;

Chaque âge a ses besoins, à partir de l'enfance,

Et du besoin d'aimer qui ne sait la puissance ?

Sur la terre on n'a pas pure félicité ;

Mais croyez, croyez bien à cette vérité :

Des femmes le bonheur n'est pas une chimère.

Vos mamans vous diront qu'il est doux d'être mère,

Et que, si cet état a de cruels tourments,

Il est aussi rempli de doux ravissements.

La nature a créé pour la mère au cœur tendre

Une félicité qui ne se peut comprendre :

Pour elle tout est bien dès que son enfant rit ;

Ce rire est l'aliment dont son cœur se nourrit ;

Du plus petit enfant la plus petite joie

Est un flot de bonheur où son âme se noie !

Il grandit, cet enfant, mais non sans quelques pleurs

Essuyés par la mère avec tant de douceurs !

Et vous voyez combien vos mamans sont heureuses

De ce qui vous sourit et qui vous rend joyeuses.

Ce bonheur est réel, il sera votre bien ;

Croyez-y : le malheur est de ne croire à rien !

Ah! si je possédais une lyre immortelle,

Des mères je voudrais célébrer le modèle.

Mais, moi, puis-je adresser mes trop faibles accents

Où tant d'illustres voix font entendre leurs chants?

Non. Mais *à vous aussi*, charmantes jeunes filles,

Espoir de l'hyménée, orgueil de vos familles,

Je voudrais faire entendre un vrai conseil d'ami;

Accordez-moi ce droit, car je suis père aussi,

D'une enfant, comme vous, douce, aimable et jolie,

Et, comme vous encor, bien tendrement chérie :

De votre âge présent goûtez tout le plaisir,

Sans craindre des dégoûts pour votre âge à venir.

Espérèz bien du ciel; sa bonté souveraine

Pour modèle aujourd'hui vous donne votre reine,

Qui des chagrins du trône et de la royauté

Se console aux douceurs de la maternité.

Et vous, de Girardin, qu'on lit et qu'on admire,

4.

Peut-être n'êtes-vous mère que par la lyre ;

Je le juge à vos vers ayant pour titre : *A vous*.

Et, malgré vos succès, je conçois vos dégoûts :

A la gloire toujours vient s'attacher l'envie ;

Ce malheur, avec l'autre, attriste votre vie.

Mais tel est le destin de toute femme auteur :

La gloire est le soleil et la femme une fleur

MA RETRAITE.

1837.

Sans épargner ni mon sang ni ma vie,

Toujours fidèle au devoir, à l'honneur,

Plus de trente ans j'ai servi la patrie,

J'ai droit enfin de contenter mon cœur.

Non sans regret je quitte ma carrière,

Noble métier cher aux cœurs généreux ;

Mais mon enfant m'adresse sa prière,

Et je lui dois aussi des jours heureux.

Par le malheur tu fus trop accablée,

O mon Emma ! quand j'étais près de toi ;

A l'avenir, que toujours près de moi

Tu sois au moins par mes soins consolée.

LES GRACES.

1838.

Charmantes sœurs, au maintien gracieux,

Qui toutes trois servîtes de modèle

A Phidias, Zeuxis et Praxitèle,

Et qui charmiez les mortels et les dieux,

Vous dont l'amour suivait partout les traces,

Retirez-vous, vo s n'êtes plus les Grâces :

Mais non, restez; vous le pouvez encor,

En adoptant l'attitude à la mode,

Maintien sans gêne et tout à fait commode,

Qui de bas lieux a pris un noble essor.

De votre sein que le double trésor

Soit ramassé sous l'épaule arrondie,

Que votre cou, votre tête avancés

Dominent peu vos deux bras rapprochés;

Et que la main, à la main presque unie,

Du bout des doigts soulève un peu le bas

Du voile heureux qui couvre vos appas.

Sans que le goût les en ait repoussées,

De la guinguette au bal de l'Opéra,

Dans les salons, ces poses sont passées;

Adoptez-les, Dantan vous moulera.

Pour un moment cédez à ce caprice,

Dont le bon goût fera bientôt justice,

Pour revenir à ce port gracieux

Qui de tout temps a su charmer les yeux,

A ce maintien où l'on voit la noblesse

Avec aisance unie à la souplesse,

A cet ensemble, à cet accord charmant,

Qui montrent l'art, de la nature amant,

A vous enfin, car vous êtes les Grâces,

Et le bon goût ne peut perdre vos traces.

A SA LEVRETTE JIJI.

1839.

Quand des zéphyrs la fraîche et douce haleine
Porte partout les parfums du printemps,
Pour toi, Jiji, plus de froid, plus de peine,
Et nous pouvons prendre la clef des champs.
Abandonnons ce Paris où tu brilles

Par ta blancheur, ta grâce et ta beauté,

Par ta finesse et ta légèreté ;

Mais qui n'a pas un jardin dont les grilles

N'aient des gardiens contre ta liberté ?

Un seul de vous commet-il quelque crime,

On vous poursuit, on vous traque en tous lieux,

Toute l'espèce en doit être victime ;

Elle n'a plus d'innocents à nos yeux.

Nous nous faisons moins sévère justice,

Et la maxime où nos vœux sont tracés

Est que, plutôt qu'un innocent périsse,

Il vaut mieux voir cent coupables sauvés.

Pour vous seuls donc point de miséricorde ;

Tous muselés, captifs et malheureux,

Il semblerait qu'il n'est que vous qui morde,

Où tant de gens se déchirent entre eux.

Eh ! qui vous vaut ce mépris rigoureux ?

Qui plus que vous montre pour nous de zèle?

Qui sait nous être autant que vous fidèle?

Qui nous défend et qui veille pour nous?

Qui nous comprend et nous sert mieux que vous?

Au dévoûment si l'on dressait des temples,

Vous verrait-on de nos temples bannis,

Vous qui souvent en donnez des exemples

Et n'êtes pas moins dévoués que soumis?

Nous vous chassons de la funèbre enceinte;

Et cependant un fait encor nouveau,

Mais dont l'histoire est ou doit être empreinte,

Nous montre un chien mourant sur un tombeau.

Trop de rigueur accable ton espèce :

Quittons ces lieux où ta jeune maîtresse

Voit ton destin menacé chaque jour.

Et quand tu sors, reste dans la tristesse,

Craignant, hélas! que ce soit sans retour.

Partons ensemble, allons revoir Favreuse,

Ses prés, ses bois; là, tu seras heureuse!

Plus de liens. Libre, le nez aux vents,

Comme l'on voit la timide gazelle

Franchir l'espace en rapides élans,

Ou dans les airs se jouer l'hirondelle,

Nous te verrons folâtrer dans les champs,

Faire admirer ta grâce et ta souplesse

En poursuivant de légers papillons

Dans la prairie et sur les verts sillons;

Plus vive qu'eux, les gagner de vitesse,

Et puis vers nous, pour que l'on te caresse,

Plus vive encore en voulant revenir,

Ivre d'amour, de joie et de plaisir!

LE PAYSAGE.

1840.

❧

Lac aux riants coteaux,
Au paisible rivage,
Que tes limpides eaux
Soient la fidèle image

4.

D'un destin qui m'est cher !

Que ton île fleurie,

Que ton ciel pur et clair,

De ma fille chérie

Représentent la vie !

Que l'horrible aquilon

S'éloigne à jamais d'elle !

Et puisse sa nacelle,

Au gré de la raison,

Voguer tranquille et belle,

Comme on voit voguer celle

Dont la voile étincelle

Au lointain horizon !

Que, douce châtelaine

De ce joli hameau,

Qui s'étend de la plaine

Au penchant du coteau,

Un jour sa bienfaisance,

LE PAYSAGE.

Ses soins consolateurs,

Soient une providence

Aux pauvres laboureurs !

Dans ce charmant asile,

Délicieux séjour,

Que tout lui soit facile

Et piquant tour à tour !

Que des champs la culture,

Que la fraîcheur des bois,

Du ruisseau le murmure,

Le chant des villageois,

Des oiseaux du bocage

Que le joyeux ramage,

Portent dans tous ses sens

Des transports ravissants !

Que sa blanche levrette,

A l'œil soumis et bon,

Dans sa course follette,

De sa patte blanchette

Effleurant le gazon,

Comme fait de son aile

Sur les flots l'alcyon,

Ou la vive hirondelle

Sur les prés du vallon,

Gazelle en doux servage,

Par ses folâtres jeux,

En égayant ces lieux,

Anime sous ses yeux

Ce charmant paysage!

Bonheur.   Malheur.

1842.

Enfant qui joue,   Enfant qu'on gronde,
Auteur qu'on loue,   Auteur qu'on fronde,
Fortune aux jeux,   Argent perdu,
Amour heureux,   Amour déçu,
Voix consolante,   Cruelle absence,
Lettre charmante,   Fâcheux silence,
Jour du retour   Plus de retour
Vers son amour,   Vers son amour,
Fille qui danse   Fille vieillie
Et qu'on encense,   Et qu'on oublie,
Soins complaisants,   Manque de soins,
Jolis présents,   Nombreux besoins,
Palme scolaire,   Note fâcheuse,
Orgueil de mère,   Mère honteuse,
Fleur de santé,   Point de santé,
Fraîche beauté,   Nulle beauté,
Esprit, adresse,   Gauche sottise
Douce caresse   Qu'on stygmatise
Et douce erreur,   Et nulle erreur,
C'est le bonheur.   C'est le malheur.

Bonheur, malheur
Sont dans la vie
Objet d'horreur,
Objet d'envie;
Que le premier
Toujours te serve,
Et du dernier
Dieu te préserve !

———

Adieu, le charme de ma vie !

Adieu, bonheur de l'amour paternel !

Ma douce Emma m'est à jamais ravie ,

Elle est allée au séjour éternel !

Son âme était noble, sensible et pure,

Son cœur parfait et son esprit charmant ;

Ces dons heureux brillaient sur sa figure :
On ne pouvait l'approcher qu'en l'aimant.

En elle était la bonté sans mélange ;
Elle subit un destin rigoureux
Avec le calme et la vertu d'un ange,
Trouvant son sort encore assez heureux !

Oh ! mon Emma ! toi qui me fus si chère,
Toi qui faisais ma joie et mon bonheur,
Que deviendra sans toi ton pauvre père,
Qui reste seul en proie à la douleur ?

Rien pourrait-il apaiser ma souffrance ?
Par le regret mon cœur est déchiré
J'ai tout perdu, tout, jusqu'à l'espérance :
Le ciel m'a pris mon enfant adoré !

Un an s'est écoulé, ma douleur est la même;

Je vois encor ma fille à son heure suprême,

Je l'entends m'adresser ces mots pleins de douceur,

Qui peignaient ses regrets en me brisant le cœur,

Et furent les derniers de cette voix si chère :

« Oh ! mon père chéri ! mon père !! mon bon père !!! »

Depuis lors dans mon cœur retentit, chaque jour,

Ce douloureux écho du filial amour !

LE BOULEAU.

SEPTEMBRE 1845.

Arbre à la blanche écorce, au feuillage léger,

Dont ma fille chérie admirait l'élégance,

Je ne puis plus te voir sans tristement songer

Que, désormais privé de sa douce présence,

Je suis seul à jamais, et je ne verrai plus
Avec elle, en ces lieux, reverdir ton feuillage,
Se balancer dans l'air tes rameaux si menus,
Et sur l'herbe des bois vaciller ton ombrage.

C'en est fait pour toujours des entretiens charmants
Où de son goût si pur s'exprimaient les oracles,
Où de son jeune esprit les sages jugements
De la raison souvent me semblaient des miracles.
Toujours elle se plut au spectacle des cieux;
Elle adorait les arts et la littérature;
Mais ce qui captivait et son âme et ses yeux
Avant tout, c'était vous, beautés de la nature.
Une brillante aurore ou le soir d'un beau jour,
Du nuage empourpré le rayonnant contour,
Des charmes du printemps la campagne embellie,
Ou des dons de l'été, de l'automne enrichie,

Le verdoyant vallon de fleurs tout émaillé,

Et du ruisseau qui fuit le sillon argenté,

Étaient, avec les bois et leurs épais ombrages,

Pour ses yeux enchantés de charmantes images !

Elle me le disait ; c'était là mon bonheur !

Et, lorsque, m'apportant une fragile fleur,

Emblème, hélas ! trop vrai de sa vie éphémère,

Elle me la montrait en me disant : « Mon père,

» Admire son éclat, et puis admire encor

» Le papillon nacré, l'insecte aux ailes d'or. »

Un jour, tu fus aussi l'objet de sa louange,

Arbre dont jusqu'alors j'ignorais la beauté,

Mais que me révéla le bon goût de cet ange.

Elle admirait ta grâce et ta légèreté,

Ton feuillage tremblant retombant en panache,

De ton fourreau poli l'éclatante blancheur,

Qui du fond vert des bois ressort et se détache.

J'admirais avec elle ; et maintenant mon cœur

S'émeut à ton aspect ; car cette enfant si chère,

Je ne la verrai plus : elle a quitté la terre !

A sa Levrette Giselle.

JANVIER 1846.

⚬᧒᧐⚬

De Jiji, gracieuse enfant,

Plus légère et plus fine qu'elle,

Être mignon, vif et charmant,

Qui d'Emma reçut nom Giselle,

Je revois le dernier moment

Où ta caressante prunelle

Plongea dans son regard aimant :

Et tu n'eus plus d'autre caresse.

Bientôt ses yeux se sont fermés;

Hélas! de ta jeune maîtresse,

Trop peu de jours m'étaient comptés !

De vos regards le doux échange

Restera dans mon souvenir :

Quelque trésor qu'on vînt m'offrir,

Pour te posséder en échange ,

Ce serait vainement, mon ange

Près de moi te verra mourir !

LES SONGES.

FÉVRIER 1846.

Dieu du sommeil, qui présides aux songes

Et viens donner à l'esprit endormi

Ou la douleur ou de riants mensonges,

Pour mon Emma, sois-moi toujours ami !

Montre-la-moi dans ses jours d'allégresse !

Pour être heureuse un rien lui suffisait;

Un léger don, une douce caresse

Faisaient sa joie, et son cœur bondissait.

Montre-la-moi par le plaisir bercée !

De son trépas la cruelle pensée,

Le jour, remplit mon âme de douleur ;

La nuit, rends-moi sa vie et son bonheur !

Ce ne sera qu'une trompeuse image ;

Mais, au moment où daigne ta bonté

Me présenter ce consolant mirage,

Il me ravit à la réalité !

Honneur et charme de ma vie !
Toi qui pour moi fus tout pendant vingt ans,
Oh ! mon Emma, fille tendre et chérie,
Sans toi vivrai-je encor longtemps ?

De ma douleur quand la coupe m'enivre,
Oh ! combien je voudrais mourir !

A MA FILLE.

Et puis nature aussi me dit de vivre,

Et j'obéis sans bonheur ni plaisir ;

Ainsi l'on voit sur un triste rivage

Un tronc vieilli, de branches dépouillé,

Survivre au temps, résister à l'orage,

Charger le sol de son poids fatigué !...

www.ingramcontent.com/pod-product-compliance
Ingram Content Group UK Ltd.
Pitfield, Milton Keynes, MK11 3LW, UK
UKHW021154220726
13924UKWH00003B/1134